Judy Moody
une rentrée très perso

Édition originale parue sous le titre :
JUDY MOODY

©2000 Megan McDonald pour le texte
©2000 Peter H.Reynolds pour les illustrations
©2000 Peter H.Reynolds pour la police Judy Moody

Publié en accord avec Walker Books Limited, London SE11 5HJ

©2005 Calligram
Tous droits réservés
Imprimé en Italie
ISBN : 2-88480-208-8

Judy Moody
une rentrée très perso

Megan McDonald
illustré par Peter Reynolds
Traduit par Alice Déon

KALÉIDOSCOPE

CHRISTIAN GALLIMARD

Qui est qui ?

- - - - - -

Judy
GRRR !
Vedette de l'histoire,
célèbre pour ses multiples humeurs.

Papa
Le père de Judy.
Expert en mots croisés, énigmes,
jeux télévisés et vide-greniers.

Maman
La mère de Judy.
Ex-membre du Club de l'allégresse.
Imbattable en légumes.

Stink
Son frère, voleur de vedette et star
du Tableau d'honneur des Moody.

Frank

Mangeur-de-colle, ami de Judy
et quart de segment
d'un mille-pattes humain.

Rocky

Le meilleur ami de Judy
depuis TOUJOURS et détenteur
d'une bague de Superman
qui disparaît.

Monsieur Carpo

Le maître de Judy, alias M. Crapo,
meilleur professeur de CM1
du monde.

Mouse

Le chat de Judy.
Agile participant au Concours
d'animaux célèbres
de Câlins et Canines.

Un mauvais jour

Judy Moody ne voulait pas que l'été s'arrête. Elle n'avait aucune envie de se brosser les cheveux tous les jours. Aucune envie d'apprendre l'orthographe des mots. Et certainement pas envie de s'asseoir à côté de Frank Pearl, qui mangeait de la colle en classe.

Judy Moody était de mauvais poil.

C'était un jour comme ça. Un mauvais jour. Un jour à faire la tête. Même l'odeur de ses nouveaux crayons Grognons ne lui donnait pas envie de sortir de son lit.

– Rentrée des classes ! claironna sa mère. Debout là-dedans, on s'habille !

Judy Moody remonta sa couette et tira l'oreiller par-dessus sa tête.

– Judy ? Tu m'entends ?

– GRRRR ! répondit celle-ci.

Il allait falloir s'habituer à un nouveau pupitre et une nouvelle salle de classe. Son nouveau pupitre n'aurait pas d'autocollant avec son nom dessus comme celui de l'année dernière. Sa nouvelle classe n'aurait pas de porc-épic surnommé Roger.

En plus, avec sa chance habituelle, on allait la coller au premier rang, où M. Carpo la verrait chaque fois qu'elle voudrait faire passer un mot à son meilleur ami, Rocky.

Maman passa de nouveau la tête dans la chambre de Judy.

– Et tu penses à te brosser les cheveux, d'accord ?

Un des pires trucs avec la rentrée des classes c'est que tout le monde revient de vacances avec des nouveaux T-shirts marqués « DISNEYLAND » ou « AQUALAND » ou « JAMESTOWN : VILLE DE POCAHON-TAS ». Judy mit à sac son premier tiroir, puis le dernier et même celui de ses petites culottes : pas un seul T-shirt à texte.

Elle enfila son pantalon de pyjama à rayures de tigre et un vieux T-shirt ordi-naire sans rien dessus.

– Elle est en pyjama ! s'écria son frère Stink, en la voyant descendre. Tu peux pas aller à l'école en pyjama !

Stink croyait tout savoir depuis qu'il allait entrer au CP. Judy le fusilla d'un de ses redoutables regards d'elfe enragé.

– Judy se changera après le petit-déjeuner, dit Maman.

– Spécial rentrée ! Je t'ai préparé un œuf au plat, annonça triomphalement Papa, le soleil dans ton assiette ! Avec du pain de mie pour saucer.

L'œuf ne ressemblait en rien à un soleil – le jaune du milieu avait éclaté. Judy fit glisser l'œuf gélatineux vers sa serviette et le refila à Mouse, leur chat.

– L'été est fini et je ne suis allée nulle part, rouspéta-t-elle.

– Tu es allée chez ta grand-mère Lou, dit Maman.

– Mais je ne suis pas sortie de Virginie, c'est pas juste. J'ai pas mangé de hot-dogs, j'ai pas fait de grand huit et j'ai pas vu de baleines.

– Tu as conduit une auto-tamponneuse !

– Des mini tamponneuses. Au centre commercial, rectifia Judy.

– Tu as pêché et tu as mangé du requin, dit Papa.

– Elle a mangé un requin ? demanda Stink.

– J'ai mangé un requin ? demanda Judy.

– Mais oui ! Rappelle-toi, le poisson qu'on a acheté au marché le jour où on n'a rien attrapé !

– J'ai mangé un requin ! s'écria Judy Moody.

Elle courut à sa chambre et retira son T-shirt. Avec un gros feutre, elle dessina une immense gueule de requin pleine de dents sous laquelle elle écrivit : J'AI MANGÉ UN REQUIN, en lettres majuscules.

Judy sortit comme une flèche et courut jusqu'à l'arrêt du bus. Pas question d'attendre Stink. Pas question d'attendre que Maman et Papa pensent à lui faire un câlin de rentrée. Elle était pressée de montrer à Rocky son nouveau T-shirt. Elle en oublia presque

de faire la tête, jusqu'à ce qu'elle voie Rocky s'entrainer avec son jeu de cartes à l'arrêt du bus. Il portait un méga-T-shirt bleu et blanc avec des lettres tarabiscotées et une photo de l'attraction du Monstre du Loch Ness.

– T'aimes mon nouveau T-shirt ? demanda-t-il. Je l'ai rapporté des Busch Gardens.

– Non, répondit Judy Moody, même si au fond d'elle-même elle l'aimait.

– J'aime bien ton requin, dit Rocky. Et comme Judy ne desserrait pas les dents, il demanda : tu boudes, ou quoi encore ?

– Quoi encore, rétorqua Judy Moody.

GrrRr !

Quand Judy Moody arriva en classe de CM1, son maître, M. Carpo, se tenait près de la porte pour accueillir les élèves.

– Bonjour Judy !

– Bonjour M. Crapo ! Euh…, marmonna Judy, pouffant de rire.

– Les enfants, accrochez vos sacs à dos sur les portemanteaux et rangez vos pique-niques dans les casiers.

Judy Moody regarda autour d'elle.

– Vous avez un porc-épic qui s'appelle Roger ? demanda-t-elle à M. Carpo.

– Non, mais nous avons une tortue : Tucson. Tu aimes les tortues ?

Elle ADORAIT les tortues ! Mais elle se retint juste à temps.

– Non, j'aime les crapauds.

Judy ne tenait plus tellement elle avait envie de rire.

– Rocky, assieds-toi là-bas près de la fenêtre, et Judy, tu es ici, devant moi, dit M. Carpo.

– J'en étais sûre, commenta-t-elle.

Elle examina son nouveau pupitre du premier rang. Pas d'autocollant tatou avec son nom.

Et devinez qui s'assit de l'autre côté de l'allée : Frank Pearl le Mangeur-de-colle. Il regarda Judy du coin de l'œil et s'amusa

à ramener son pouce complètement en arrière, pour toucher son poignet. Judy lui tira une langue roulée comme un hot-dog.

– Toi aussi tu aimes les requins ? demanda-t-il en lui faisant passer une petite enveloppe blanche sur laquelle il avait écrit son nom.

Ils avaient dansé ensemble à la maternelle et depuis ce jour-là ce garçon ne la laissait pas tranquille. En CP, Frank Pearl lui avait envoyé cinq cartes de vœux à la Saint-Valentin. En CE1, elle avait eu droit à un gâteau à Halloween, à Thanksgiving, et aussi le jour de Martin Luther King. Et maintenant, premier jour de CM1, il l'invitait à sa fête d'anniversaire. Judy jeta un coup d'œil à la date... il s'y prenait trois semaines à l'avance ! Même un vrai requin ne réussirait pas à décourager Frank Pearl.

– Je peux regarder dans ton pupitre ? demanda Judy. Il se décala. Pas de colle à l'horizon.

M. Carpo était debout devant la classe. Sur le tableau, écrit en gros, on lisait : GIANNI LE ROI DE LA PIZZA MARGARITA.

– Ça veut dire qu'on aura de la pizza margarita à déjeuner ? demanda Judy.

– Orthographe ! répondit M. Carpo en posant son doigt sur ses lèvres comme s'il s'agissait d'un secret. Tu verras.

Ensuite il ajouta :

– Alors les enfants ! Écoutez-moi bien. Nous allons essayer quelque chose de différent pour démarrer l'année et faire connaissance. Cette année, chacun d'entre vous fabriquera son propre panneau personnel, son PANNEAU PERSO. Tout ce qui VOUS concerne. Vous pouvez dessiner ou découper des images que vous fixerez sur votre collage pour que le reste de la classe apprenne à VOUS connaître.

Un Panneau Perso ! Judy trouva l'idée amusante, mais se garda bien de le dire.

– Alors vous n'allez pas nous demander de dessiner notre arbre généalogique ? demanda Jessica Finch.

– Je vais vous faire passer une liste de suggestions, vous pourrez parler de votre famille si vous voulez. Chacun aura un classeur dans lequel il rassemblera tout ce qu'il pense ajouter à son collage. On y travaillera tout au long du mois. Et fin septembre, chacun SE présentera à toute la classe.

Durant tout le cours d'Histoire, Judy ne pensa qu'à une seule chose : elle-même. Judy Moody, star de son propre Panneau Perso. Finalement, cette année de CM1 s'annonçait mieux que prévu.

– Allons, les enfants. Un peu d'orthographe.

– Beurk ! L'orthographe…, marmonna Judy entre ses lèvres, se rappelant qu'elle était de mauvais poil.

– Beurk ! L'orthographe…, renchérit Frank Pearl, mille fois d'accord.

Judy lui lança un regard noir.

– Sortez une feuille de papier et trouvez-moi cinq mots cachés dans la phrase écrite au tableau : GIANNI LE ROI DE LA PIZZA MARGARITA.

– Rigolo, non ? disait un mot que Frank passa à Judy.

« Non » écrivit-elle en retour sur sa main qu'elle tourna ostensiblement vers lui.

Judy sortit sa toute nouvelle boîte de crayons grognons couverts de visages furibards. CRAYONS GRO-GNONS – pour humeurs de dogue, disait l'emballage. Rien de tel qu'un crayon levé du mauvais pied !

Parfait. Le nouveau crayon Gro-gnon l'aida à réfléchir. Elle trouva les mots NAIN, MAGIE, GNOME cachés dans la phrase de M. Carpo. Au lieu de cela, elle nota (1) NON (2) NON (3) NON (4) NON (5) NON.

– Voyons, qui veut bien nous faire part des cinq mots qu'il a trouvés ? demanda M. Carpo.

Judy leva la main la première.

– Judy ?

– NON, NON, NON, NON et NON ! proposa Judy.

– Ça ne fait qu'un mot. Il m'en faut encore quatre. Viens donc les écrire au tableau.

Judy Moody n'écrivit ni NAIN, ni GNOME, ni MAGIE. Elle avait trouvé mieux : RAT et RAGE.

– Et RAVAGÉ ? s'écria Rocky.

– Il n'y a pas de V, corrigea Frank Pearl.

« TIGRE » écrivit Judy.

– Un dernier, l'encouragea M. Carpo.

« MANGE » ajouta Judy.

– Et peux-tu me faire une phrase avec l'un de ces mots, Judy ? demanda M. Carpo.

– Le tigre mange le rat avec rage.

Toute la classe hurla de rire. Frank riait tellement qu'il grogna comme un cochon.

– Serais-tu de mauvaise humeur aujour-
d'hui ? demanda M. Carpo.

– GRRRR ! répondit Judy Moody.

– Dommage, fit-il. J'allais te proposer d'aller chercher la pizza qui nous attend dans
la salle des maîtres. Cadeau de rentrée !

– De la pizza ? De la pizza ? Pour de vrai ?
La classe entière bourdonnait d'excita-
tion.

Judy Moody voulait être celle qui irait
chercher la pizza. Elle voulait ouvrir la
boîte. Elle voulait, elle, récupérer la petite
table en plastique à trois pieds qui empêchait le couvercle de coller à la pizza.

– Un volontaire ? demanda M. Carpo.

– Moi ! cria Judy.

Moi ! Moi ! Moi ! Moi ! Moi ! criaient-ils
tous à la fois, agitant leurs mains comme
autant de moulins à vent.

Rocky leva la main sans rien dire.

– Rocky, veux-tu passer prendre la pizza ?

– Volontiers ! répondit Rocky.

– Veinard ! commenta Judy.

Rocky revint avec la pizza et M. Carpo leur lut un chapitre d'une histoire de chien dévoreur de pizza, tandis que chacun mâchait en silence son carré riquiqui de pizza margarita.

À la fin du chapitre, Judy demanda :

– M. Carpo, je peux regarder votre table de pizza ?

– C'est vrai, on dirait une mini table, Judy. Je n'y avais jamais pensé.

– Je les collectionne, dit Judy Moody.

Elle ne les collectionnait pas vraiment – pas encore. Pour l'instant, elle avait une collection de vingt-sept mites mortes, une poignée de vieilles croûtes de cicatrices, une douzaine de cure-dents fantaisie, des centaines de sparadraps Tricosterils (à cause des coupons sur les boîtes), un carton plein de morceaux de corps (de poupées !) dont trois têtes de Barbie, et quatre gommes encore neuves en forme de balles de base-ball.

– Faisons un marché, proposa M. Carpo. Si tu crois pouvoir arriver demain en CM1 de bonne humeur, elle est à toi. Qu'en dis-tu ?

– Oui, M. Carpo, répondit Judy. Oui, oui, oui, oui, OUI !

table de pizza ↑

En tête-à-tête

Judy apprenait à Mouse à marcher sur deux pattes quand le téléphone sonna.

– Allô ? Allô ?

Elle n'entendait que de l'air à l'autre bout du fil.

– Allô ? demanda-t-elle à l'air.

– Judy, c'est toi ? Tu as demandé si tu pouvais venir à mon anniversaire ? demanda une voix.

Une voix à la Frank Pearl. Ça ne faisait que deux jours qu'il lui avait donné l'invitation.

– Erreur de numéro, dit Judy en raccrochant.

Elle fit balancer sa nouvelle table de pizza au bout d'une ficelle sous le nez de Mouse. Le téléphone se remit à sonner.

– Allô ? Je suis bien chez les Moody ?

– Ce n'est pas le moment Frank, je suis en plein milieu d'une expérience archi-importante.

– D'accord. Salut.

Le téléphone sonna une troisième fois.

– J'ai pas encore terminé mon expérience, hurla Judy dans le téléphone.

– Quelle expérience ? demanda Rocky.

– T'occupe, répondit Judy.

– Allons chez Vick, suggéra Rocky. Je dois acheter un truc pour mon Panneau Perso.

Vick était la superette en bas de la côte, avec un distributeur de malabars rempli de super cadeaux, du genre surprises magiques ou tatouages qui partent au lavage.

– Attends, je demande, dit Judy. Maman, je peux aller chez Vick avec Rocky ?

– Bien sûr, répondit Maman.

– Bien sûr ! répéta Judy en cédant la table de pizza à Mouse.

– Moi aussi, j'y vais, dit Stink.

– Pas question, décréta Judy.

– Vous pouvez l'emmener, Rocky et toi, dit Maman en la regardant droit dans les yeux.

– Mais il sait pas traverser la frontière vers la Chine et le Japon, protesta Judy.

Seulement ses meilleurs amis savaient que le premier ralentisseur sur la route représentait le passage en Chine et le second, celui vers le Japon.

– Je suis sûre que vous pourriez lui apprendre.

– Oui, apprends-moi !

– Rendez-vous à la bouche d'égout, répondit Judy dans le téléphone.

La bouche d'égout était pile à mi-chemin entre la porte d'entrée de chez Judy et celle de chez Rocky. Ils avaient mesuré l'été dernier avec une très longue pelote de ficelle. Elle sortit en courant, Stink sur ses talons. Rocky avait un dollar. Judy avait un dollar. Stink avait six cents.

– À nous deux, on peut acheter huit malabars, dit Rocky.

– Alors, on fait un « tête-à-tête » ? rigola Judy. Pigé ?

Elle sortit de sa poche un billet d'un dollar qu'elle défroissa pour bien montrer la tête de George Washington.

– Moi, j'ai six têtes, dit Stink en sortant ses pièces.

– Normal, t'es un monstre ! Pigé ?

Judy et Rocky se tordirent de rire.

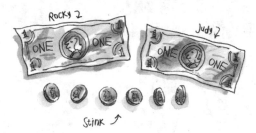

Stink n'avait même pas de quoi s'acheter un malabar.

– Vous allez vous décrocher les mâchoires à manger huit malabars, dit Stink. Je pourrais au moins vous en manger deux.

– C'est pour les surprises, expliqua Judy.

– À quatre par dollar, on a huit chances de gagner une surprise, expliqua Rocky. Il m'en faut une pour mon Panneau Perso.

– Attends, attends ! dit Judy. Maintenant

que j'y pense, j'ai besoin de mon dollar pour m'acheter des Tricosterils.

– C'est nul les Tricosterils, commenta Stink. Et puis, t'en as dix millions. Papa dit qu'on a plus de Tricosterils dans notre salle de bains que la Croix-Rouge.

– Mais je veux devenir médecin, dit Judy. Comme Elizabeth Blackwell, la Première Femme Médecin au monde ! Elle a fondé son propre hôpital. Elle savait opérer et recoller les membres arrachés et tout.

– Membres arrachés, beurk ! dit Stink.

– Tu as récupéré des coupons de Tricosterils tout l'été, dit Rocky. Je croyais que tu en avais assez pour demander ta poupée médecin.

– J'avais. Je l'ai déjà commandée. En juillet. Je l'attends toujours. Maintenant j'ai besoin d'un microscope. Tu peux regarder du sang ou des croûtes ou ce que tu veux avec !

– Quand est-ce qu'on arrive en Chine ? demanda Stink.

– On est toujours rue Jefferson, Stink, répondit Rocky.

– Cherchons des trésors le temps d'arriver en Chine, suggéra Stink.

– À qui trouvera le plus beau ! lança Rocky.

Tous les trois scrutèrent le sol en marchant. Judy trouva cinq cailloux roses et une vignette Bazooka Joe avec un message disant : VOUS ALLEZ BIENTÔT ÊTRE RICHE. Rocky trouva un morceau de Lego

5 cailloux roses

vignette de malabar

Lego bleu

pierre porte-bonheur

bleu et une pierre avec un trou en plein milieu – une pierre porte bonheur.

– Moi, j'ai trouvé un diamant noir ! s'écria Stink.

– C'est du charbon, dit Judy.

– Plutôt du verre, précisa Rocky.

– Attends ! ajouta Judy en lançant à Rocky un regard complice. Je crois bien que c'est un morceau de lune ! Pas toi, Rocky ?

– Si, si. À tous les coups !

– Comment tu sais ? demanda Stink.

– Y a des cratères, expliqua Judy.

– Comment serait-elle arrivée là ? reprit Stink.

– Elle est tombée du ciel.

– Vraiment ?

– Vraiment, confirma Rocky. Dans mon magazine *Détritus de l'espace*, on raconte qu'une pierre de lune tombée de l'espace a laissé un grand trou en Arizona.

– Et l'année dernière, notre maître nous a raconté qu'une pierre de lune avait écrasé un chien en Égypte. Je blague pas, dit Judy à son frère. T'as de la chance, les pierres de lune ont des milliards d'années.

– D'après *Détritus de l'espace*, une pierre de lune doit être poussiéreuse en surface et scintillante à l'intérieur, précisa Rocky.

– Je ne vois qu'un seul moyen de vérifier si c'est bien une pierre de lune, dit Judy.

Elle chercha une grosse pierre. Ensuite elle la fit tomber de tout son poids sur l'échantillon de Stink qu'elle réduisit en miettes.

– Tu l'as écrabouillé ! s'écria Stink.

– Regarde, je crois que je vois les étincelles ! dit Rocky.

– Stink, t'as vraiment trouvé une pierre de lune, conclut Judy.

– C'est plus une pierre de lune ! pleura Stink.

– Écoute, Stink, dit sa sœur, tu n'as qu'à te dire que t'as mieux qu'une pierre de lune.

– Qu'est-ce qui pourrait être mieux qu'une pierre de lune ? demanda Stink.

– Des tonnes de poussière de lune !

Judy et Rocky étaient morts de rire.

– Je rentre à la maison, dit Stink.

Il ramassa des poignées de miettes de pierre et remplit ses poches de crasse noire.

Judy et Rocky riaient encore en arrivant en Chine. Ils coururent à reculons jusqu'au Japon, puis sautèrent à cloche-pied tout en se tapotant la tête jusque chez Vick.

Chez Vick, ils mirent leurs billets « tête-à-tête » pour acheter une petite boîte de Tricosterils et il leur restait encore assez pour un malabar chacun. Ni l'un ni l'autre ne tomba sur une surprise. Même pas un elfe, ni une mini bande dessinée, ni un tatouage.

– Peut-être que je pourrais mettre un malabar sur mon collage, dit Rocky. Tu vas coller des Tricosterils sur le tien ?

– Bonne idée ! dit Judy.

– Il nous reste cinq cents, dit Rocky.

Ils achetèrent un Crocodile pour Stink.

Arrivés devant chez Judy, Stink courut à leur rencontre, ses poches tintant de pièces. Il avait aligné des sacs en papier kraft sur les marches devant la porte.

– Devinez quoi ! cria-t-il. J'ai gagné trois dollars depuis que je suis rentré à la maison !

– Je te crois pas, dit sa sœur.

– Montre, fit Rocky.

Stink vida ses poches. Rocky compta douze pièces de vingt-cinq cents.

– Y a quoi dans les sacs ? demanda Judy. Tout le monde doit se les arracher.

– Ouais, alors qu'est-ce que tu vends ? ajouta Rocky.

– De la poussière de lune, répondit Stink.

Mon animal préféré

C'était la Fête du Travail, un jour sans école. Judy leva la tête de son Panneau Perso étalé sur la table de salle à manger.

– Il nous faut un nouvel animal, annonça-t-elle à sa famille.

– Un nouvel animal ? Tu n'aimes plus Mouse ? demanda Maman.

Mouse ouvrit un œil.

– Je dois choisir MON ANIMAL PRÉFÉRÉ. Comment voulez-vous que je choisisse mon préféré si je n'en ai qu'un ?

– Choisis Mouse, dit Maman.

– Mouse est vieux et il a peur de son ombre. Mouse est une boule de poils qui ronronne.

– Tu ne penses pas à un chien, j'espère, intervint Papa. Mouse sauta de la chaise et s'étira.

– Ça plairait pas du tout à Mouse, lui accorda Judy.

– Un poisson rouge ! suggéra Stink. Mouse se frotta contre la jambe de Judy.

– Ça, ça lui plairait trop, dit Judy. Je pensais à un paresseux à deux doigts.

– Bien sûr, dit Stink.

– C'est cool, ajouta Judy.

Elle lui montra une photo dans son magazine sur les forêts tropicales.

– Tu vois ? Ils passent leur journée à l'envers. Même quand ils dorment.

– C'est toi qui es complètement à l'envers, fit Stink.

– Et ça se nourrit de quoi ? demanda Papa.

– Des fourmis coupe-feuilles et des crapauds à ventre de feu, lut Judy dans son magazine.

– Pas de problème, dit Stink.

– Tu sais quoi, Judy, suggéra Papa. Allons à l'animalerie. Je ne te garantis rien pour le paresseux, mais on peut toujours regarder. Ça m'aidera peut-être à trouver un poisson en cinq lettres commençant par M pour finir mes mots croisés.

– Allons-y tous ensemble, décida Maman. Chez Câlins et Canines, Judy vit des serpents et des perroquets, des bernard-l'ermite et des guppys. Elle vit même un nom de poisson à cinq lettres commençant par M : Molly noir.

– Est-ce que vous avez des paresseux à deux doigts ? demanda-t-elle à la vendeuse de l'animalerie.

– Désolée, plus un seul.

Que dirais-tu d'un triton ou d'une tortue ? demanda Papa.

– Tu as vu les hamsters ? proposa Maman.

– C'est pas la peine, y a rien ici qui vienne des forêts tropicales.

– Peut-être qu'ils ont des punaises vertes, suggéra Stink.

– Tu pues déjà assez comme ça, lui balança Judy en le fusillant de son regard spécial-meurtrière.

Ils choisirent une souris en caoutchouc qui couine pour Mouse. Au moment de payer, Judy remarqua une plante verte pleine de dents posée sur le comptoir.

– C'est quoi ça ? demanda-t-elle à la vendeuse de l'animalerie.

– Une dionée gobe-mouches, dit la dame. Ce n'est pas exactement un animal, mais c'est pas cher et facile à entretenir. Tu vois ces battoirs dont on dirait des bouches avec des dents ? Chacun se referme

comme une trappe. Ça mange des insectes que tu trouves à la maison. Des mouches et des fourmis, ce genre-là. Tu peux même lui donner du steak haché cru.

– Fort ! dit Judy Moody.

– Cool ! s'exclama Stink.

– Bonne idée, renchérit Maman.

– Vendu, adjugea Papa.

Judy posa son nouvel animal de compagnie sur son bureau, pile dans l'axe d'un

rayon de soleil. Mouse, l'œil entrouvert, surveillait la scène depuis le lit du bas.

– J'ai hâte de montrer mon nouvel animal en classe, dit Judy à son frère. C'est exactement comme une plante rare des forêts tropicales.

– Ah oui ? demanda Stink.

– Oui, dit Judy. Regarde. Il y a peut-être un médicament miracle caché juste là à l'intérieur de ces dents bizarres et vertes. Quand je serai médecin, j'étudierai des plantes comme ça et je découvrirai des remèdes contre les maladies pourries.

– Comment tu vas l'appeler ? demanda Stink.

– Je ne sais pas encore, dit Judy.

– Tu pourrais l'appeler Tête d'insecte, puisqu'il aime les insectes.

– Non, dit Judy.

Judy arrosa son nouvel animal. Elle parsema la terre d'engrais. Stink parti, elle lui chanta des chansons. « Il était une vieille dame qui avala une mouche... » Elle continua jusqu'à ce que la vieille dame avale un cheval.

Elle ne trouvait toujours pas un nom correct. Rumpelstiltskin ? Trop long. Truc ? Peut-être.

– Stink ! cria-t-elle. Va me chercher une mouche.

– Où veux-tu que j'attrape une mouche ? demanda Stink.

– Une mouche. Je te file dix cents.

Stink courut à la fenêtre derrière le canapé et rapporta une mouche.

– Beurk ! Elle est morte !

– Elle serait morte d'une minute à l'autre de toute façon.

Judy ramassa la mouche morte avec la pointe de sa règle et la déposa dans une des trappes. Hap ! Le piège se resserra autour de la mouche. Exactement comme l'avait dit la vendeuse de l'animalerie.

– Fort ! dit Judy.

– Clac ! Gniâk ! s'écria Stink pour les effets sonores.

– Va me chercher une fourmi. Vivante cette fois.

Stink voulait revoir le gobe-mouches en action, alors il alla chercher une fourmi pour sa sœur.

– Clac ! Gniâk ! s'écrièrent ensemble Judy et Stink quand un autre piège se referma.

– Fort, trop fort ! Stink, va me trouver une araignée ou quelque chose.

– J'en ai marre de trouver des insectes, râla Stink.

En voilà une...

... magnifique !

Fourmi, fourmi... !

Pas question !

Clac ! Gniâk !

Beurp !

– Alors va demander à Maman et Papa si on a du steak haché cru.

Stink fronça les sourcils.

– S'il te plaît, je t'en prie, mon petit frère chéri que j'adore... le supplia Judy.

Stink ne bougeait pas.

– Je te laisserai lui donner à manger cette fois.

Stink courut à la cuisine et revint la main pleine de viande crue. Il en fit tomber un gros morceau dans la trappe béante.

– T'es fou ! C'est beaucoup trop ! hurla Judy, mais il était trop tard.

La bouche se referma d'un clac ! Des bouts de viande débordaient de tous les côtés. Beurp ! La tige s'écroula, couchée sur la terre.

– Tu l'as tué ! Tu vas le regretter, Stink. MAMAN ! PAPA ! appela Judy.

Judy montra à ses parents ce qui était arrivé.

– Stink a tué mon gobe-mouches !

– Je n'ai pas fait exprès, dit Stink. La bouche s'est refermée à toute vitesse !

– Elle n'est pas morte. Elle digère.

– Tu verras que les mâchoires seront ouvertes demain matin, dit Maman.

– Peut-être qu'elle dort ou je ne sais quoi, dit Stink.

– Ou je ne sais quoi, oui, c'est ça, dit Judy.

Gueule de Squale

Le lendemain arriva. Les mâchoires étaient toujours fermées. Judy essaya de les tenter avec une fourmi toute fraîche.
– Tiens, c'est pour toi, dit-elle de sa voix la plus mielleuse. T'aimes ça, n'est-ce pas ?
Les mâchoires ne daignèrent même pas s'ouvrir d'un tout petit centimètre. La plante ne remuait pas le moindre poil.
Judy renonça. Elle cala avec précaution la plante au fond de son sac à dos. Elle l'emporterait à l'école, malgré son bout de viande qui puait, beurk et tout.

Dans le bus, Judy montra à Rocky son nouvel animal.

– J'avais tellement hâte de montrer à tout le monde comment il mange. Maintenant il veut même plus bouger. En plus, il pue.

– Sésame, ouvre-toi ! dit Rocky essayant des mots magiques.

Rien n'y fit.

– Peut-être que le bus va le secouer.

– Peut-être, dit Judy.

Mais même les secousses du bus ne décidèrent pas son nouvel animal à desserrer les mâchoires.

– Si ce truc meurt, j'ai plus que Mouse comme ANIMAL PRÉFÉRÉ, dit Judy.

M. Carpo accueillit la classe :

– Allez les enfants, sortez vos classeurs Perso. Je vais vous faire passer des magazines et vous avez une demi-heure pour découper des photos qui vous intéressent. Nous avons encore trois semaines, mais je veux voir un peu où vous en êtes.

Son classeur de Panneau Perso ! Judy avait été tellement accaparée par son nouvel animal qu'elle l'avait oublié à la maison.

Elle jeta un regard rapide sur le classeur de Frank Pearl. Il avait découpé des images de macaroni (son plat préféré ?), de fourmis (son animal préféré ?) et de chaussures. Des chaussures ? Le meilleur ami de Frank Pearl serait une paire de chaussures ?

Judy se pencha sur son sac à dos ouvert sous son pupitre. Les mâchoires étaient encore fermées. Maintenant même son sac à dos était contaminé par l'odeur pestilentielle. Elle sortit la paille de son jus de fruit et s'en servit pour titiller le gobe-mouches. Rien à faire. Il ne s'ouvrirait jamais à temps pour les exposés.

– Alors ? demanda Frank.

– Alors quoi ?

– Alors tu viens ?

– Où ça ?

– À mon anniversaire. Samedi prochain. Tous les garçons de la classe viennent. Et aussi Nicky et Sandy qui habitent à côté.

Il aurait pu inviter le président en personne, pour ce que ça pouvait lui faire ! Judy Moody renifla son sac à dos. Une vraie odeur de putois !

– Qu'est-ce qu'il y a dans ton sac ? demanda Frank.

– T'occupe ! répondit Judy.

– Ça sent le vieux thon crevé ! commenta Frank.

Judy espéra que sa dionée gobe-mouches
se réveillerait à temps pour mordre Frank
Pearl avant son prochain anniversaire.

M. Carpo s'approcha d'eux.

– Judy, tu n'as rien découpé. Où est ton
classeur ?

– J'avais… je veux dire… c'était… puis…
enfin, non, dit Judy. J'ai eu un nouvel animal hier soir.

– Ne me dis pas que ton nouvel animal a mangé ton Panneau Perso.

– Pas exactement. Mais il a mangé une mouche morte et une fourmi vivante. Et ensuite un énorme tas de…

– La prochaine fois, tâche de penser à apporter ton classeur, Judy. Et écoutez-moi tous, pour l'amour du ciel, ne laissez pas vos animaux approcher vos devoirs.

– Mon nouvel animal n'est pas un animal, M. Carpo, précisa Judy. Et il ne mange pas les devoirs. Juste des insectes et de la viande crue.

Elle tira la dionée gobe-mouches de son sac à dos. Judy n'en crut pas ses yeux ! La tige ne pendouillait plus. Les mâchoires s'étaient décoincées, elles étaient grandes ouvertes, et la plante avait l'air d'avoir faim !

– C'est MON ANIMAL PRÉFÉRÉ, dit Judy.
Je vous présente Gueule de Squale !

Docteur
Judy Moody

La voilà, enfin ! Judy se dit que la seule et unique meilleure chose au monde qui pouvait lui arriver après Gueule de Squale, c'était de trouver au courrier un gros paquet marron adressé au DOCTEUR JUDY MOODY. Elle était d'humeur à opérer.

– Je peux l'ouvrir ? demanda Stink, s'extirpant de son château fort.

– Tu lis quoi, là ? lui répondit Judy le doigt sur l'étiquette.

– DOCTEUR JUDY MOODY.

– Parfaitement. C'est moi qui ai rassemblé tous les bons.

– Mais j'en ai demandé pour toi à l'infirmière de l'école ! protesta Stink.

Il lui passa les ciseaux. Judy perça le scotch et écarta les rabats en carton. Mouse se mit à jouer avec le ruban adhésif. Stink mettait sa tête là où il ne fallait pas.

– Stink ! Tu ne vois pas que je suis en plein milieu d'une opération !

Judy ouvrit l'emballage de papier de soie et sortit sa poupée médicale.

Depuis le temps qu'elle l'attendait ! Judy posa la poupée sur ses genoux et caressa ses cheveux lisses et soyeux. Elle fit des petits nœuds réguliers pour fermer sa blouse d'hôpital bleue et blanche. La poupée portait un bracelet d'hôpital.

– Elle s'appelle Alissa Vamieu, lut-elle.

– Est-ce qu'elle parle ? demanda Stink.

– C'est écrit que si tu tournes le bouton sur le haut de sa tête, elle tombe malade. Ensuite, tu tournes encore le bouton et elle… va mieux. Pigé ?

Judy tourna le bouton sur la tête de la poupée jusqu'à ce qu'elle change de tête.

– Elle a la rougeole ! s'écria Stink.

– La poupée parle aussi si tu la serres contre toi.

Judy la serra contre elle.

– J'ai la rougeole, dit Alissa Vamieu.

Judy tourna encore le bouton jusqu'à ce qu'elle change de tête. Elle prit la poupée dans ses bras.

– J'ai la varicelle, dit Alissa Vamieu.

– Cool ! dit Stink. Une poupée malade. À trois têtes.

Judy tourna le bouton une fois de plus et serra la poupée contre elle.

– Ça va mieux ! dit Alissa.

– Je peux la rendre malade, puis guérie ? demanda Stink.

– Non ! C'est moi le docteur.

Judy ouvrit sa trousse de médecin.

– J'ai enfin quelqu'un sur qui m'exercer, soupira-t-elle.

– Tu t'exerces tout le temps sur moi, protesta Stink.

– Quelqu'un qui ne râle pas.

– Tu râlerais aussi si tu devais tenir une

lampe et te faire couvrir de sparadraps. Pourquoi je peux jamais être Elizabeth Blackwell, Première Femme Médecin ?

– D'abord, t'es un garçon.

– Je peux lui mettre le bras en écharpe ?

– Non, dit Judy.

Elle approcha l'otoscope de l'oreille d'Alissa et alluma la lampe.

– Je peux mélanger un peu de ce sang dans ta trousse de docteur ?

– Chut ! J'écoute !

Elle posa son stéthoscope sur le cœur d'Alissa. Ensuite elle écouta celui de Stink.

– Mmm...

– Quoi ? demanda Stink. Qu'est-ce que tu entends ?

– Des battements de cœur. Je ne vois qu'une chose.

– Quoi ?

– T'es vivant !

– Je peux écouter un battement de cœur ?

– Bon d'accord ! Mais va d'abord me chercher un verre d'eau pour mélanger du sang.

– Vas-y toi-même, répondit Stink.

– Tu ne touches à rien ! prévint Judy. Tu ne respires même pas !

Judy n'avait pas plus tôt passé la porte que Stink tournait le bouton sur la tête de la poupée. Rougeole. Il tourna encore. Varicelle. Rougeole. Varicelle. Rougeole. Varicelle. Stink tourna la tête d'Alissa Vamieu dans tous les sens, de plus en plus vite.

– Zut ! s'énerva Stink.

– Quoi ? cria Judy en revenant avec un verre d'eau.

– Sa tête est coincée.

Judy lui arracha Alissa Vamieu des bras.

– J'ai la varicelle, dit Alissa.

Judy essaya de tourner le bouton. Stink avait raison. Il était bien coincé. Elle eut beau tourner, tirer, pousser, il n'y avait pas moyen de le faire tourner.

– J'ai la varicelle. J'ai la varicelle, répétait Alissa en boucle.

– Sa tête est bloquée sur la varicelle ! geignit Judy.

– C'est pas ma faute, dit Stink.

– Bien sûr que si ! Maintenant elle ne guérira jamais !

Judy prit le pouls de la poupée. Elle écouta son cœur. Lui tâta le front pour savoir si elle avait de la fièvre.

– Mon premier patient, et elle aura la varicelle à vie !

Elle porta la poupée à sa mère. Mais

Maman ne réussit pas à tourner le bouton, elle qui avait pourtant le chic pour dévisser les bocaux de cornichons. Judy alla voir son père. Mais Papa ne réussit pas à tourner la tête de la poupée, lui qui était imbattable pour ouvrir les pots de miel.

– Qu'est-ce que tu vas faire ? demanda Papa.

– Je ne vois qu'une chose.

– Une piqûre ? demanda Maman.

– Non, dit Judy. Tricosterils !

– Top ! s'écria Stink.

Stink et Judy collèrent des Tricosterils fantaisie partout sur le visage d'Alissa Vamieu, un par bouton de varicelle. Ensuite, ils lui collèrent des sparadraps sur tout le corps. Des Tricosterils Bozanimos, Dinosaures, Tatouages, Sirènes... Même des sparadraps fluos-qui-brillent-dans-le-noir.

– Pour éviter qu'elle se gratte, dit Docteur Judy.

– Je suis très content qu'on ait maîtrisé cette urgence, dit Papa.

Judy essaya une dernière fois de tourner le

bouton. Calmement, sans tirer, sans for-
cer. Tout doucement, en faisant bien
attention. La tête d'Alissa pivota et son
visage souriant, sans varicelle, réapparut.

– Je l'ai guérie ! s'écria Judy en serrant sa
poupée sur son cœur.

– Ça va mieux, dit Alissa Vamieu.

– Comme neuve, dirent Maman et Papa.

– Heureusement qu'elle n'a pas eu une
éruption générale, dit Judy. Jamais je
n'aurais eu assez de Tricosterils !

Le Club PQ

– Je crois qu'il va pleuvoir quarante jours et quarante nuits, se lamenta Stink.

Judy accrocha des couvertures au lit du dessus comme un vrai dais de forêt tropicale recouvrant son lit d'en bas. Ensuite, elle installa Gueule de Squale en haut pour donner l'impression de la jungle. Qui avait besoin d'un paresseux à deux doigts ? Elle grimpa dans son abri et étala son Panneau Perso. Mouse la rejoignit.

– Tu n'as pas intérêt à laisser des poils sur mon panneau, l'avertit Judy.

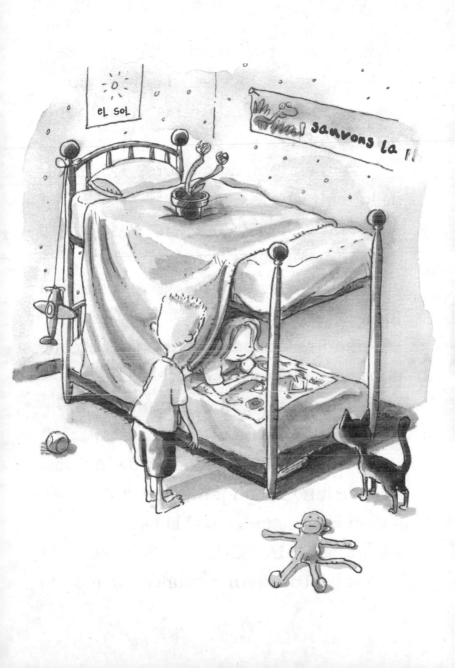

Stink passa la tête sous les couvertures.

– C'est qui, les cheveux dressés sur la tête ? demanda-t-il en montrant le collage.

– C'est moi, de mauvais poil le jour de la rentrée.

– Je suis où, moi ? Ça les intéresse pas de connaître vos petits frères ?

– Les *somnifrères* tu veux dire ? se moqua Judy.

Elle montra un petit tas de crasse collé dans le coin en bas à gauche.

– Je suis sale, c'est ça ? demanda Stink.

Judy était morte de rire.

– C'est parce que tu vendais de la poussière de lune ! expliqua-t-elle.

– C'est quoi cette tache ? Du sang ?

– Du rouge. MA COULEUR PRÉFÉRÉE.

– C'est un Tricosteril Araignée ? demanda

Stink. T'as trouvé où la colle à paillettes ?
Je peux entrer à côté de toi et recoller mes
ailes de chauve-souris avec de la colle à
paillettes ?

Son petit frère, le malade des chauves-sou-
ris, devenait un vrai Frank Pearl.

– Il n'y a pas la place, Stink. C'est sérieux
ce que je fais. Il ne me reste plus que deux
semaines et quelque pour terminer.

Judy découpa une photo d'Alissa dans
une publicité de son magazine *Luna Girl's*
et la colla dans la partie médecine, juste
à côté de son dessin d'Elizabeth Blackwell
copié dans l'encyclopédie.

Elle parcourut la liste d'idées de M. Carpo.
CLUBS. Je ne fais partie d'aucun club, se
dit Judy. C'est même pas la peine.

PASSE-TEMPS. Les collections. En tout
genre. Impossible pourtant de coller une

croûte ou une tête de Barbie sur son panneau. Elle scotcha la table à pizza de sa toute dernière collection – celle que M. Carpo lui avait donnée.

UNE CATASTROPHE. Rien ne lui venait en tête. Peut-être qu'elle n'avait pas encore connu de catastrophe.

UN ÉVÉNEMENT COMIQUE... Le soir où j'ai fait peur à Stink en frappant comme un fantôme à son mur, se dit-elle. Mais comment mettre ça sur son collage ?

Judy chercha des idées pour son Panneau Perso jusqu'à ce que la pluie s'arrête enfin. Elle appela Rocky.

– Retrouve-moi à la bouche d'égout à cinq, dit-elle.

Rocky portait son T-shirt boa. Judy portait son T-shirt boa.

– Chips ! Chips ! s'écrièrent-ils en se frappant les mains en l'air deux fois, comme à chaque fois qu'ils avaient la même idée en même temps.

Judy et Rocky se tenaient sur la bouche d'égout.

– Tu crois qu'il y a quoi sous la rue ? demanda-t-il.

– Des tonnes et des tonnes de vermisseaux.

– Si on en ramassait dans la rue pour les jeter dans l'égout, suggéra Rocky.

– Trop dégueu ! dit Judy.

– On pourrait chercher des arcs-en-ciel dans les flaques, proposa Rocky.

– Trop difficile ! rétorqua Judy.

– T'entends… ? demanda Rocky. Des crapauds. On pourrait attraper des crapauds !

Rocky courut chez lui chercher un seau.

Ils coincèrent un crapaud et placèrent vite le seau par-dessus sa tête.

– Je t'ai eu ! s'écria Judy en le prenant dans sa main. Il est doux mais tout plein de bosses. Un peu frais, mais pas baveux. Et puis soudain, elle sentit quelque chose de chaud et d'humide dans sa main.

– Beurk ! s'écria-t-elle. Ce crapaud m'a fait pipi dessus.

Elle le rejeta dans le seau.

– C'est sûrement de l'eau de pluie, dit Rocky.

– C'est ça ! Ramasse-le, alors.

Rocky prit le crapaud. Il le tint dans la main. Il était doux-plein-de-bosses-frais-et-pas-baveux tout à la fois. Et puis il sentit un truc chaud et humide sur sa main.

– Beurk ! Maintenant c'est sur moi qu'il a fait pipi.

Il rejeta le crapaud dans le seau.

– Qu'est-ce que je te disais ? gloussa Judy.
J'arrive pas à croire que ça nous est arrivé
à tous les deux. Chips !

– Chips ! renchérit Rocky, et ils se frappè-
rent de nouveau les mains en l'air. Maintenant, c'est comme si on était membres
d'un même club. Un club secret qu'on
serait les seuls à connaître.

– Ça fait surtout qu'on a un club à mettre
sur nos Panneaux Perso, dit Judy.

– On l'appellerait comment ? demanda
Rocky.

– Le Club Pipi Crapaud !

– Fort ! dit Rocky. J'ai une
idée pour nos collages : on pourrait
mettre Club PC ou mieux : Club PQ pour
brouiller les pistes !

– Ok ! dit Judy.

– Hé ! Qu'est-ce que vous faites tous les deux ? demanda Stink, accourant sur le trottoir avec ses grosses bottes en caoutchouc.

– Rien, répondit Judy en s'essuyant les mains sur le pantalon.

– Pas vrai, dit Stink. Je le vois à tes sourcils-chenille.

– Quels sourcils-chenille ?

– Tes sourcils se transforment en grosses chenilles poilues quand tu veux pas me dire quelque chose.

Première fois que Judy Moody entendait parler de ses sourcils-chenille.

– Ouais, c'est ça, une chenille qui pique, dit-elle.

– On a formé un club, commença Rocky.

– Un club secret, s'empressa d'ajouter Judy.

– J'adore les secrets, dit Stink. Je veux faire partie du club.

– Tu peux pas juste faire partie du club, expliqua Judy. Il faut qu'il t'arrive quelque chose.

– Je veux que ça m'arrive aussi.

– Je crois pas, dit Judy.

– C'est dégueu, dit Rocky.

– Qu'est-ce qui est dégueu ?

– Oublie, répondit Judy.

– Tu dois ramasser ce crapaud, expliqua Rocky.

– C'est un piège, c'est ça ? C'est pour que je ramasse un vieux crapaud plein de bosses et de bave ?

– Exact, dit Judy.

Stink ramassa quand même le crapaud.

– C'est bizarre. On dirait un cornichon. J'avais encore jamais ramassé un cra-

paud. Je peux faire partie du club maintenant ?

– Non, décréta Judy.

– Je pensais qu'il serait tout baveux, commenta Stink.

– Attends, dit Rocky.

– Ça va pas me donner des verrues ou je ne sais quoi ?

– Tu sens quelque chose ? demanda Rocky.

– Rien du tout.

– Bon, ben, remets-le à sa place, dit Judy. Voilà. Qu'est-ce que je te disais ? Tu ne peux pas faire partie du club.

Stink se mit à pleurer.

– Mais j'ai ramassé le crapaud et je veux faire partie du club.

– Ne pleure pas, dit Judy. Crois-moi, Stink, tu n'aimerais pas faire partie du club. C'est là que les yeux de Stink se sont ouverts grands comme des soucoupes. Il y avait un truc chaud et humide sur sa main. Judy Moody et Rocky éclatèrent de rire.

– Alors, ça y est, je fais partie du club ?

– Oui ! Oui ! Oui ! répondirent Judy et Rocky en chœur. Le Club Pipi Crapaud !

– Cool ! s'écria Stink. Je fais partie du Club Pipi Crapaud !

une catastrophe

Jour-J. Jour fatal. Jour cata. Samedi. Le jour de l'anniversaire de Frank Pearl le Mangeur-de-colle. Je préférerais encore manger dix pots de colle que d'aller à son anniversaire, pensa Judy.

Depuis trois semaines, elle avait rangé l'invitation d'anniversaire de Frank Pearl tout au fond de son jeu de Mikado, là où ni Maman ni Papa (qui détestait le Mikado) ne la trouveraient JAMAIS.

Et puis crac ! Pas de chance, le jour même de l'anniversaire, c'est arrivé. Papa l'a su.

Elle, Judy Moody, avait demandé à Papa de l'emmener chez Câlins et Canines acheter de l'aliment pour crapaud. Et au moment où elle se demandait comment elle allait convaincre son père de lui offrir un coffret de têtards avec de vrais œufs de grenouille – *Regardez ces têtards se trans former sous vos yeux ! Vous verrez leurs queues se rétracter, leurs pieds se former, leurs pattes pousser !* –, un autre coffret, exactement pareil, lui rentra dedans.

Les mains qui tenaient ce coffret étaient celles de la mère de Frank.

– Judy ! s'écria-t-elle. Comme c'est drôle ! On dirait que nous avons eu la même idée pour le cadeau de Frank ! Je me suis dit qu'il adorerait regarder un têtard se transformer en grenouille. J'allais justement lui acheter la même boîte !

– Euh… je n'allais pas… je veux dire, ah oui ?

– Frank est très heureux que tu viennes à son anniversaire.

– Anniversaire ? s'intéressa Papa. De qui ?

– De Frank ! dit sa Maman. Je suis Mme Pearl. La mère de Frank.

– Ravi de faire votre connaissance, dit Papa.

– Moi aussi, dit Mme Pearl. Judy, je te vois cet après-midi, alors. À tout à l'heure !

Mme Pearl remit son coffret de têtards sur l'étagère.

– Franck ADORE les reptiles, ajouta-t-elle.

Les amphibiens, pensa Judy.

– Judy, tu aurais pu me dire que tu voulais venir acheter un cadeau d'anniversaire pour ton ami. J'aurais dû être au courant que tu avais une fête aujourd'hui ? demanda Papa.

– Non.

Dans la voiture, Judy tenta de convaincre son père qu'il y aurait des enfants à la fête qui feraient des bruits mal élevés avec leurs corps et diraient plein de gros mots.

– Tu vas t'amuser, alors.

– Tu sais que Frank Pearl mange de la colle, dit Judy.

– Écoute Judy, tu as déjà son coffret de têtards, dit Papa.

– J'espérais le garder.

– Mais Mme Pearl a reposé le sien en voyant le tien. Va au moins lui apporter, Judy.

 – Il faut que je l'emballe ?

La réponse dans le regard de son père était très claire.

Judy Moody emballa le cadeau beaucoup-trop-beau-pour-un-mangeur-de-colle dans du papier journal sans intérêt (pas les bandes dessinées). La fête était à partir de deux heures, mais elle fit croire à ses parents qu'elle ne commençait pas avant quatre heures, pour n'y aller que pendant les dernières minutes archi-nulles.

Toute la famille l'accompagna en voiture chez Frank Pearl. Même Crapotin, que Stink trimballait dans un pot à yaourt. Judy tenait le gros cadeau de Frank sur les genoux et sombra dans une de ses humeurs-de-dogue-à-l'arrière-de-la-voiture. Pourquoi avait-il fallu que Rocky aille chez sa grand-mère précisément AUJOURD'HUI ?

– Elle pleure ! rapporta Stink.

– Même pas vrai ! rétorqua-t-elle en le mitraillant de son regard d'elfe en colère.

– Attendez-moi ici, dit Judy à sa famille quand ils arrivèrent devant chez Frank.

– Allez. Amuse-toi bien, dit Papa. On revient te chercher dans une demi-heure. Quarante minutes maxi.

– Le temps d'aller au supermarché, dit Maman.

Ils auraient aussi bien pu partir pour la Nouvelle-Zélande.

Mme Pearl lui ouvrit la porte.

– Judy ! Nous avons cru que tu avais chan-gé d'avis. Viens donc dans le jardin.

Frank ! Judy est là, mon ange, cria Mme Pearl en direction du jardin.

Judy regarda autour d'elle. Elle ne voyait que des garçons. Des garçons qui se jetaient des insectes modelés en sucre glace, des garçons en train de mélanger du Ketchup à du gâteau au chocolat, et des garçons en train de mettre au point une expérience avec du Coca et une sauterelle.

– Où sont les autres enfants ? demanda Judy.

– Tout le monde est là, mon chou. La petite sœur de Frank, Maggie, est partie chez une amie. Je crois que tu connais tous les garçons de l'école. Et puis il y a Nicky et Sandy, nos voisins.

Sandy était un garçon. Nicky aussi. Frank Pearl l'avait bien eue – les filles d'à côté étaient des garçons ! Elle, Judy Moody, se

retrouvait toute seule. La seule et unique fille. À la fête d'anniversaire, que-des-garçons-à-part-elle, de Frank Pearl.

Judy aurait voulu grimper tout en haut de la corde de la balançoire à pneu pour crier comme un singe des forêts tropicales. Au lieu de ça, elle dit :

– Vous avez une salle de bains ?

Judy décida de s'enfermer pour toujours dans la salle de bains des Pearl. Du moins jusqu'à ce que ses parents rentrent de Nouvelle-Zélande. L'anniversaire que-des-garçons de Frank devait bien être la CATASTROPHE qui lui manquait.

Elle chercha un truc à faire. Elle ôta le bouchon d'un crayon à sourcils et rajouta des dents pointues sur son T-shirt requin délavé du jour-de-la-rentrée. Fort !

Toc, toc !

– Ju-dy ? Tu es là ?

Judy fit vite couler de l'eau pour que Mme Pearl pense qu'elle se lavait les mains.

– J'arrive ! cria-t-elle.

Elle s'était entièrement aspergée, son T-shirt était trempé. Les nouvelles dents du requin s'estompèrent et dégoulinèrent.

Judy ouvrit la porte. Mme Pearl dit :

– Nous te cherchions partout, Frank s'apprêtait à ouvrir ton cadeau.

Dehors, Brad montra le T-shirt mouillé de Judy.

– Les gars ! C'est un requin ! Avec du sang noir qui coule de sa bouche !

– Cool !

– Géant !

– Comment t'as fait ça ?

– Du talent, dit Judy. Et de l'eau.

– Une bataille d'eau !

Brad attrapa un verre d'eau qu'il jeta sur Adam. Mitchell en jeta un sur Dylan. Frank en versa un sur sa propre tête en rigolant.

Mme Pearl donna un coup de sifflet qui mit fin à la bataille d'eau.

– Dylan ! Brad ! Vos parents sont là. N'oubliez pas vos pochettes surprises.

Mme Pearl remit une pochette à chaque enfant au moment de son départ. À la fin, il n'en restait plus pour Judy.

– J'ai dû mal compter, dit Mme Pearl.

– Ou alors Brad en a pris deux, suggéra Frank.

– Tiens, Judy, c'est pour toi. C'était ma première idée, mais je n'en ai pas trouvé assez.

Mme Pearl lui donna une mini collection de pierres précieuses dans une boîte en plastique transparent ! De minuscules petites pierres d'améthyste et de jade. Même une d'ambre toute friable.

– Merci Madame Pearl ! dit Judy, et elle le pensait. J'adore faire la collection des pierres et de plein de trucs. Un jour mon frère a cru qu'il avait trouvé une vraie pierre de lune.

– Frank adore les collections aussi, dit Mme Pearl. Tous les garçons sont partis, Frank. Tu n'as qu'à emmener Judy dans ta chambre et lui montrer en attendant que ses parents arrivent.

– Allez ! Le dernier arrivé est une poule mouillée ! lança Frank.

Il doit collectionner les pots de colle, pensa Judy, et en manger la nuit quand il a un creux.

Les étagères de Frank Pearl étaient couvertes de pots à café et de petits pots de bébé. Chacun rempli de billes, d'insectes en caoutchouc, de gommes, de machins. Judy ne put s'empêcher de demander :

– Tu as des gommes base-ball ?

– J'en ai dix ! dit Frank. Je les ai eues GRATOS quand un joueur des Orioles est venu à la bibliothèque.

– C'est vrai ? Moi aussi ! sourit Judy. Elle faillit dire « Chips ! » mais se retint juste à temps.

– J'en colle une sur mon Panneau Perso, à côté de mon insecte préféré, un scarabée taupin, en face de PASSE-TEMPS – tu sais, les collections.

– Moi aussi, c'est mon passe-temps, dit Judy.

Il avait aussi deux taille-crayons – une mini Statue de la liberté et un cerveau –

et un petit flip book de chez Vick. Frank Pearl lui montra sa pièce maîtresse : une monnaie très rare, un buffalo qu'il gardait dans une tirelire fermée à clé.

– C'est pas encore vraiment une collection parce qu'il n'y en a qu'une.

– C'est pas grave, dit Judy.

Frank avait aussi une collection de bandes dessinées dont de très vieilles comme Le Frelon vert, Richie Rich, et Captain Marvel. Le comble, c'est qu'il avait même une collection de savonnettes, avec des noms d'hôtels très chics sur les emballages.

Judy oublia qu'elle avait envie de partir.

– C'est quoi ça ? demanda-t-elle.

– Une herbe-crapaud, ça attrape des insectes. Ils atterrissent dessus pensant que c'est une fleur, et tombent tout au fond du tube où la plante les dévore.

– Fort ! dit Judy. Moi j'ai un gobe-mouches qui s'appelle Gueule de Squale !

– Je sais, dit Frank. C'était drôle le jour où tu l'as apporté à l'école, le jour où il avait mangé du steak haché et empestait ton sac à dos et tout.

– Fra-ank ! Ju-dy ! Les Moody sont là.

– Faut que j'y aille alors, dit Judy.

– Merci pour le coffret de têtards, dit Frank, en martyrisant la jambe d'un scarabée en caoutchouc de sa collection.

– Au fait, c'est vrai que tu manges de la colle ? demanda Judy.

– J'en ai mangé une fois. Pour un pari.

– Fort ! dit Judy.

Une catastrophe pour de vrai

La journée de Judy s'annonçait au plus mal. C'était le jour où Stink, son frère qui puait quand il était petit et qui avait vendu-de-la-terre-comme-de-la-poussière-de-lune, partait visiter, avec sa classe, la maison du président à Washington.

Le pire, c'est que Maman et Papa partaient aussi, pour chaperonner les enfants.

Et elle, bonne poire, devait rester à la maison terminer son Panneau Perso Judy

Moody, où il restait des quantités de vides à combler.

– Je crois que mon cerveau a une fuite, dit Judy à sa famille. Je ne trouve plus rien d'intéressant à coller sur mon panneau.
Elle s'affala sur le canapé de la maison comme un ballon qui a perdu trois journées d'air.

– Il pourrait au moins m'arriver quelque chose à Washington, soupira-t-elle.

– Ma chérie, tu sais que c'est juste pour les classes de CP, répéta Maman.

– GRRRR ! répondit-elle.

– On rentrera peut-être un peu tard, prévint Papa. Tu peux aller chez Rocky après l'école. Vous finirez vos exposés ensemble.

– Vous allez vous amuser, dit Maman. Et puis ce n'est pas aujourd'hui, le lancement de la Semaine Brosse à Dents ?

Comment pouvait-elle oublier ? Raison de plus pour être de mauvais poil. Stink allait faire ami-ami avec le président pendant qu'elle, Judy Moody, serrerait la pince de M. Molaire et Mme Fil Dentaire.

Stink arriva dans le salon en se dandinant sous une nappe rayée blanche et rouge, à croire qu'il venait de se prendre un pique-nique volant en pleine figure.

– Qu'est-ce que c'est que ça ? demanda Judy.

– Un costume pour mon exposé LE DRA-PEAU ET TOI. Je suis le drapeau.

– Stink, t'es pas sensé être LE drapeau. T'es sensé raconter ce que le drapeau veut dire pour toi.

– Pour moi ça veut dire que je suis le dra-peau.

– Qu'est-ce que t'as sur la tête ?

– Un chapeau. Regarde, chaque étoile représente un État, comme sur le drapeau américain. Quarante-huit : une par État !

– Tu vas rire. Il y a cinquante États, Stink.

– Non, non. J'ai compté. Je les ai barrés sur ma carte.

– Recompte, dit Judy. Tu as dû oublier Hawaï et l'Alaska.

– Tu crois que le président s'en apercevra ?

– Stink, le président, c'est tout juste s'il ne les a pas créés, les États. Tu parles qu'il s'en apercevra.

– D'accord, d'accord. J'en rajouterai deux.

– Chaque élève de CP écrit un poème de drapeau ou dessine un drapeau pour son LE DRAPEAU ET MOI. Mon frère, lui, est un drapeau vivant !

– Et alors ?

– Tu as l'air d'une momie emballée dans

un drapeau et tu marches comme une banane. T'es content, maintenant ?

– Je vais voir une chambre tout en or, en vrai or. Même les rideaux et les couvre-lits. Heather Strong dit que les lampes sont en diamants.

– Heather Strong ment, assura Judy.

C'était même pas la peine. Elle allait devoir changer son Panneau Perso. La fête d'anniversaire de Frank n'était plus sa CATASTROPHE à elle. Frank Pearl avait accepté de manger de la colle par défi ! Et il lui avait donné un petit pot de bébé avec six fourmis et une mouche pour Gueule de Squale.

Ne pas rencontrer le président de ces cinquante États était absolument et clairement sa CATASTROPHE POUR DE VRAI. Toute sa famille, même son frère, le drapeau vivant, se rendait à Washington, pendant qu'elle, Judy Moody, allait écouter parler une dent !

Un événement
trop comique

Il pleuvait à torrents. Le père de Judy ne voulut pas la laisser partir à l'école sans parapluie et elle ne trouva que son parapluie jaune à canards du CP. Mais Judy refusa d'ouvrir un parapluie de bébé et elle arriva trempée. Le soleil brille sûrement sur la maison du président en ce moment même, pensa-t-elle. Elle se faisait l'effet d'une bicyclette abandonnée sous la pluie.

– Frank veut rentrer avec nous après l'école, lui dit Rocky dans le bus. Et j'ai un billet-de-dix-dollars-tout-neuf. On ira chez Vick acheter un truc trop fort.

– Tu crois qu'ils ont de l'or chez Vick ?

Judy n'en dit pas plus.

Pendant le cours d'orthographe, Judy écrivit BOUGEOTTE alors que M. Carpo avait dit ROUGEOLE. En science, quand Jessica Finch lui lança une pelote de laine pour leur toile d'araignée géante, elle la fit tomber. La pelote roula par terre et sortit par la porte au moment où Mlle Tuxedo, la directrice, passait avec ses talons aiguilles. Et à la réunion de la Semaine Brosse à Dents, M. Molaire demanda à Judy de jouer le rôle d'une carie. Sur scène. Devant tout le monde.

Elle ne pensait qu'à Stink en visite chez le président, là où elle n'était pas. À voir tout

cet or pour de vrai. Allait-il serrer la main du président ? Rencontrer la fille du président ? S'asseoir dans un fauteuil en or ?

– Est-ce que les drapeaux ont le droit de parler ? demanda-t-elle à Frank.

– Seulement si ce sont des drapeaux parlants !

C'était la goutte d'eau. Elle refusait de vivre avec Stink quand il reviendrait de chez le président !

En rentrant, dans le bus, Rocky arrosa Frank avec sa pièce truquée. Frank grogna et essuya les gouttes avec sa manche. Judy fit semblant de trouver ça drôle. En fait, elle pensait : « Stink est peut-être en train de caresser le chiot du président à l'heure qu'il est, à la minute qu'il est ». Quand Rocky dit : « J'ai hâte d'arriver chez Vick », elle grogna.

Tous les trois coururent comme des dératés jusque chez Vick. Rocky ne s'arrêta même pas pour passer en Chine et au Japon comme il fallait.

– C'est quoi l'urgence, là ? demanda-t-elle.

– J'ai besoin d'un truc, dit Rocky, mais c'est le dernier et je veux être sûr de l'avoir !

En arrivant chez Vick, il se dirigea droit vers le comptoir.

– Par ici, appela Rocky. C'est bon !

Judy se hissa sur la pointe des pieds pour regarder dans une boîte posée sur le comptoir. Au fond… reposait… une main. La main d'un être humain ! Judy faillit hurler. Frank aussi. C'est là qu'ils s'aperçurent qu'elle était en caoutchouc.

– Qu'est-ce que t'en penses ? demanda Rocky.

– Fort ! dit Judy.

– Géant ! dit Frank. On dirait une vraie.
Les ongles et tout.

Rocky acheta la main et trois chewing-
gums.

– Qu'est-ce que tu vas faire avec ta main ?
demanda Frank.

– Je ne sais pas, répondit Rocky. Je la trouve chouette, c'est tout.

Une fois chez Rocky, Judy essaya de tra-
vailler sur son Panneau Perso. Mais elle

n'était pas d'humeur à trouver un ÉVÉNE-
MENT COMIQUE. Tout ce qui lui était arrivé de drôle semblait avoir déguerpi. Tous
ses moments rigolos étaient sortis de son
cerveau comme une colonne de fourmis
rentrant d'un pique-nique. Rocky montra
à Judy et Frank son collage terminé.

– Là, c'est Thomas Jefferson à la fenêtre de
ma maison pour L'ENDROIT OÙ J'HABI-
TE. Je l'ai découpé sur un faux billet.

– Jefferson Street. Bonne idée ! dit Frank.

– Ce morceau de tissu vient de mon
écharpe quand je me suis cassé le bras,
UNE CATASTROPHE. Et là, c'est un rou-
leau de PQ pour le Club PQ, un club secret
dont je fais partie, expliqua Rocky en faisant un clin d'œil à Judy.

– Quel genre de club peut avoir du PQ ?
demanda Frank.

– Si je te le dis, ça ne sera plus un secret.

– C'est qui ça ? demanda encore Frank, en montrant un iguane.

– Houdini, MON ANIMAL PRÉFÉRÉ.

– Et ce type qui traverse un mur en brique ?

– C'est la partie que je préfère. Ma mère a fait une photocopie du vrai Harry Houdini, tu sais, le magicien. Elle l'a trouvé dans un livre à la bibliothèque.

Judy toucha une gousse d'ail.

– T'essaies d'écarter les vampires ou quoi ?

– Ça, c'est quand j'ai croqué une gousse d'ail sans le faire exprès. C'était COMIQUE parce que j'ai pué comme un putois pendant une semaine !

– Comme Gueule de Squale quand il a mangé de la viande hachée ! ajouta Frank.

– Comme Stink quand il enlève ses chaussures qui puent, dit Judy.

– C'est toi, ça ? demanda Frank.

– C'est moi avec mon chapeau de magicien en train de faire disparaître un bocal à poissons.

– Dommage que tu ne puisses pas faire disparaître Stink, dit Judy.

– Dommage que j'aie fini, dit Rocky. J'aurais trop aimé mettre ma main en caoutchouc sur mon collage.

C'est là qu'elle est venue. L'idée. La plus drôle des idées drôles. Elle tourna autour de la tête de Judy avant d'atterrir à la manière d'un vaisseau spatial, comme toutes les bonnes idées.

– Rocky, tu es un génie ! Vite, chez moi ! s'écria Judy. Avec ta main !

– Toi t'es sûrement pas un génie, répondit Rocky. Il n'y a personne chez toi. Qui va nous surveiller ?

– Justement ! Viens. Il y a une clé derrière la gouttière.

– Tu as oublié quelque chose ? demanda Frank.

– Oui, dit Judy. J'ai oublié de jouer un tour à Stink.

Arrivée chez elle, Judy courut dans toutes les pièces à la recherche du meilleur endroit pour laisser la main, un endroit où Stink serait sûr de la voir dès son retour. Le canapé ? L'aquarium de Crapotin ? Le frigo ? Sous son oreiller ?

– La salle de bains !

Dans la salle de bains du bas, Judy souleva le couvercle des toilettes, juste un peu, juste assez pour y poser la main, le bout des ongles dépassant du bord.

– On dirait une vraie main, dit Rocky.

– Je vous parie que ça lui fera tout de suite

Où ?

Ici ?

Pas mal ici !

Hmm...

Ou là ?

peut-être ici ?

Non... j'ai trouvé !

...PARFAIT !

oublier le président, assura Judy. Sûr et certain.

De retour chez Rocky, ils se précipitèrent à la fenêtre de sa chambre. Chaque fois qu'une voiture passait sur Jefferson Street, ils criaient : « Les voilà ! » Pour finir, le break bleu de ses parents apparut pour de bon.

– On court ! cria-t-elle. Ça y est, ils se garent.

Stink était tellement excité de raconter à Judy, Rocky et Frank tout ce qu'il avait vu chez le président qu'Hawaï et Alaska dégringolèrent de son chapeau.

Qu'est-ce qu'il attend pour aller à la salle de bains ? se demanda Judy.

– Il y a un cinéma, je vous le jure ! À l'intérieur de chez le président. Et une pièce avec une porte secrète. C'est vrai ! Même une horloge qui vous dit quand il est

l'heure d'aller prendre un bain, raconta Stink.

– Fort ! dit Judy. T'en aurais bien besoin, toi !

Va à la salle de bains, Stink, se mit-elle à espérer très fort. Comme s'il l'avait entendue, celui-ci interrompit son histoire. Il remit son chapeau sur sa tête, entra dans la salle de bains et ferma la porte derrière lui. On l'entendit verrouiller le loquet.

Maman et Papa demandèrent à Judy comment s'était passée la réunion avec M. Molaire, mais ses oreilles n'écoutaient que la salle de bains.

– AAAAAAAAHH ! hurla Stink en sortant de la salle de bains comme un dératé, perdant son chapeau et toutes ses étoiles.

– Maman ! Papa ! Il y a un noyé dans les toilettes !

Judy Moody, Rocky et Frank Pearl pleu-
raient de rire.

Le panneau perso

Le lendemain, Stink regardait Judy finir son collage en rentrant de l'école.

– Presque fini, dit Judy. On doit le rendre demain.

Stink montra du doigt un coin.

– Tu as encore un trou à côté du dessin de Gueule de Squale.

Judy scotcha une main de poupée de sa collection à la place du trou.

– Plus maintenant, dit-elle.

– Une main ? C'est à cause de ta blague ? demanda Stink.

– Oui. C'est mon ÉVÉNEMENT COMIQUE, dit Judy, un sourire jusqu'aux oreilles.

– Tu veux dire que tu vas raconter à toute ta classe que je croyais qu'il y avait un noyé dans les toilettes ?

– Stink, je vais te rendre célèbre.

– Tu pourrais peut-être changer mon nom ou je sais pas quoi ? suggéra Stink.

– Ou je sais pas quoi, singea sa sœur.

Quand Judy se leva le lendemain matin, il pleuvait de nouveau à torrents. Quelque chose lui dit de se préparer pour un vendredi-de-mauvais-poil.

– On va protéger ton Panneau Perso dans un sac-poubelle, suggéra Papa quand elle le descendit.

– Papa, je ne vais pas porter mon Panneau Perso dans un sac-poubelle.

– Pourquoi pas ?

– Est-ce que Van Gogh a porté sa *Nuit étoilée* dans un sac-poubelle ?

– Elle n'a pas tort, dit Maman.

– Il n'y avait probablement pas encore de sacs-poubelles, dit Papa. Si Van Gogh avait eu des sacs-poubelles, croyez-moi, il aurait été assez malin pour s'en servir.

– Chérie, tu devrais prendre le bus et laisser Papa déposer ton collage à l'école après avoir accompagné Stink chez le dentiste, proposa Maman. Et puis, ils y vont en voiture puisque Stink présente Crapotin à sa classe aujourd'hui.

– Je veux porter mon Panneau Perso personnellement. Je veux être sûre qu'il ne lui arrivera rien.

– Qu'est-ce qui pourrait lui arriver ? demanda Maman.

– Il pourrait y avoir une tornade, dit Stink,

et le vent pourrait l'emporter et le bus roulerait dessus.

– Très, très drôle…, fit Judy.

– Tu es déjà chargée, dit son père.

Judy avait son déjeuner, la blouse de laboratoire de son père pour s'habiller en docteur pendant son exposé, Alissa Vamieu, sa trousse de médecin, et un stock de Tricosterils.

– Bon, d'accord. Mais n'écrase rien et ne le mouille pas, et il me le faut à onze heures et empêche Stink de faire quoi que ce soit.

Elle fusilla son frère d'un de ses plus sévères regards de gnome.

– On en prendra le plus grand soin, assura Papa.

Judy prit le bus avec Rocky qui s'exerçait à l'asperger avec sa pièce magique pour la mille et unième fois.

– C'est bon, on a compris ! Ça marche, ton truc ! lui dit Judy, en essuyant les gouttes sur son visage.

Rocky était plié de rire.

Judy passa la matinée à imaginer tout ce qui pourrait arriver à son collage. Et s'il tombait dans une flaque au moment où son père ouvrirait la portière ? Et si Crapotin s'échappait de la poche de Stink et faisait pipi sur le collage ? Et s'il y avait une tornade, comme disait Stink...

À onze heures, son collage n'était toujours pas arrivé. Aucun signe de Stink. Ni de Papa.

Judy arrivait à peine à écouter les autres enfants raconter leurs Panneaux Perso. Elle avait les yeux braqués sur la porte de la classe.

– Judy, tu veux passer maintenant ?

demanda M. Carpo en la prenant de court.

– J'aimerais passer en dernier, dit Judy.

– Frank ?

– Moi aussi j'aimerais passer en dernier, dit Frank. Après Judy.

Judy regarda le pupitre de Frank.

– Où est ton Panneau Perso ? lui demanda-t-elle.

– Je l'ai pas. Je veux dire, je n'ai pas fini. Je n'ai toujours pas de CLUB, murmura Frank. Et toi ?

– J'attends que mon frère l'apporte, dit Judy en jetant un dernier coup d'œil à la porte.

Il était là ! Stink lui fit signe de le rejoindre dans le couloir. Il n'avait pas l'air dans son assiette.

– Qu'est-ce qui se passe ? demanda Judy.

– Si je te le dis, tu seras du plus-mauvais-poil-qui-existe.

– Où est-il ? répéta Judy. T'as fait tomber mon collage dans une flaque ? Crapotin a fait pipi dessus ?

– Non, dit Stink, c'est pas ça.

– Où est-il ? insista-t-elle.

– Papa est dans les toilettes des garçons, en train de l'essuyer.

Judy courut jusqu'aux toilettes des garçons, poussa la porte et entra en trombe. Le sol était jonché de serviettes en papier chiffonnées.

– Papa !

– Judy !

– Il est détruit ? Montre !

Papa souleva son collage. Et là, en plein milieu du milieu, une grosse tache mauve de la taille d'une crêpe. Et pas une belle

crêpe toute ronde. Non, un gigantesque triangle, tout déchiqueté, un lac couleur raisin flottant au cœur de son panneau !

– Qu'est-ce qui s'est passé ? hurla Judy.

– Je buvais du jus de raisin, expliqua Stink, resté dans l'encadrement de la porte, et j'essayais un truc avec ma paille... pardon, Judy.

– Stink ! Tu l'as bousillé ! Papa, comment t'as pu le laisser boire du jus de raisin dans la voiture ?

– Écoute ma chérie, ce n'est pas si terrible, dit-il. On dirait presque que c'est fait exprès. Je vais parler à M. Carpo. Peut-être qu'il te laissera le week-end pour qu'on l'arrange. On va trouver le moyen de recouvrir la tache.

– On pourrait peut-être l'effacer, dit Stink. Avec une gomme géante.

– Montre !

Judy tint son collage devant elle. La tache mauve n'empêchait pas de voir la Forêt Vierge avec Docteur Judy Moody en plein milieu. Et les Tricosterils étaient encore là.

– Tant pis, dit Judy.

– Tant pis quoi ? demanda Papa.

– Ça ira, dit-elle. Au moins un bus n'a pas roulé dessus dans une tornade.

– C'est pas grave ? demanda Stink. Tu veux dire que tu ne vas pas mettre un faux pied dans mon lit ni rien ?

– Non, dit Judy en souriant avec malice. Mais tu m'as donné une idée.

– Chérie, je sais que tu as passé des heures à préparer ce panneau. On va rattraper ça d'une façon ou d'une autre.

– Je sais ce qu'il faut faire. Stink, passe-moi ton feutre noir.

Ils sortirent tous les trois dans le couloir où Stink extirpa un feutre de son sac à dos. Judy posa le collage par terre et dessina un contour noir autour du grand triangle mauve.

– T'es malade ? demanda Stink. On le verra encore plus !

– C'est ce que je veux, dit Judy. Comme ça on croira qu'elle a toujours été là !

– Je suis fier de toi, Judy, la félicita Papa, de voir que tu as transformé cet accident en quelque chose de positif.

– C'est censé être quoi ? demanda Stink.

– La Virginie, dit-elle. L'État de Pocahontas et de Thomas Jefferson. L'ENDROIT OÙ J'HABITE.

Glaces
et Tricosterils

Judy regagna sa classe, enfila sa blouse de médecin, s'avança, et montra son Panneau Perso à la classe. Elle se tenait bien droite, comme si son frère n'avait pas presque détruit son chef-d'œuvre avec du jus de raisin. Elle essaya de se donner l'air de quelqu'un qui va devenir médecin et fera de ce monde un monde meilleur. Quelqu'un qui peut changer une humeur de dogue d'un battement de cils.

Judy parla d'elle et de sa famille, y compris de la fois où Stink avait vendu de la poussière de lune, raison pour laquelle son frère était représenté par un tas de crasse. Elle suivit du doigt le contour de l'État de Virginie pour montrer l'endroit où elle habitait. Elle parla de Rocky, son meilleur ami, et de Frank, son nouvel ami. Elle montra le couvercle d'un pot de colle blanche scotché dans un coin pour raconter à la classe que Frank avait mangé de la colle un jour par défi.

– Et ça c'est Gueule de Squale ? demanda Brad. Le truc qui mange des insectes ?

– Oui, répondit Judy. J'ai aussi un chat, mais Gueule de Squale est MON ANIMAL PRÉFÉRÉ. Quand je serai grande, je deviendrai médecin, je vivrai dans une forêt vierge et chercherai des médicaments dans des plantes exotiques pour guérir des maladies pourries.

Judy montra la table de pizza, cadeau de M. Carpo, et d'autres trucs qu'elle collectionnait pour les PASSE-TEMPS. Elle raconta à la classe entière qu'elle était membre du Club PQ mais qu'elle ne pouvait pas dire ce que signifiait PQ.

– Et là c'est une photo que mes parents ont prise de Stink, debout devant la Maison-Blanche dans son costume de drapeau.

Elle expliqua pourquoi c'était sa CATA-STROPHE à elle.

La partie qu'ils préférèrent tous, c'était la main de poupée sortant des toilettes découpées dans une publicité.

Alors Judy leur raconta comment la CATASTROPHE était devenue son ÉVÉNE-MENT COMIQUE.

– Vous avez des questions ? demanda-t-elle à la classe.

– C'est qui la vieille dame ? demanda Frank.

Judy expliqua qui était Elizabeth Blackwell, la Première Femme Médecin, et fit la démonstration de ses talents de docteur. Elle mit le bras de Rocky en écharpe et enroula une bande autour du genou de Frank. Elle sortit son faux sang et se servit d'Alissa Vamieu pour montrer comment appliquer des sparadraps.

– Voilà. C'est moi. Perso. Judy Moody.

– Très beau travail, Judy, dit M. Carpo. Un commentaire, quelqu'un ?

– J'aime bien la façon dont tu as peint la Virginie en plein milieu de ton panneau pour montrer l'endroit où tu habites, dit Jessica Finch, au lieu de juste montrer une photo de ta maison.

– Trop cool ces Tricosterils tatouages, dit Dylan. J'ai une ampoule. Tu peux m'en mettre un ?

– J'ai une petite peau arrachée sur le doigt !

– J'ai une coupure de papier !

– J'ai une piqûre de mous-tique !

Judy n'eut pas le temps de dire ouf, que toute la classe portait des Tricosterils tatouages.

– Judy Moody, tu es un séisme sur rou-lettes ! dit M. Carpo.

– Ah oui ? demanda Judy. C'est-à-dire ?

M. Carpo rit.

– Disons simplement que tu ne manques pas d'idées.

Ce qui était parti pour être un vendredi-de-mauvais-poil était devenu une journée-trop-géniale. Et elle n'était pas finie.

Au lieu de les laisser prendre le bus, Maman et Papa attendaient Judy et Stink pour les emmener manger des glaces chez Mimi Grande Gueule.

– Je prendrai de la glace bleue, Brume de forêt vierge. Comme toi ! s'écria Stink en sautillant sur place, la main sur sa poche pour maintenir le crapaud.

– Est-ce que ta maîtresse est tombée amoureuse de Crapotin ? demanda Judy.

– Oui, mais elle a failli faire partie du Club Pipi Crapaud, dit Stink.

Trop fort ! Judy était morte de rire.

– Maman, Papa, je peux dire à Rocky et Frank de venir aussi ?

– Excellente idée, dit Maman.

Devant chez Mimi Grande Gueule, Judy lécha sa boule de Brume de forêt vierge posée sur celle de Chocolat Gadoue, sa préférée. Elle n'avait jamais été de meilleur poil.

Stink sortit Crapotin de sa poche et le posa sur la table de pique-nique. Crapotin sautilla vers une goutte de glace bleue coulée du cornet de Rocky.

– Crapotin aime la Brume de forêt vierge ! s'exclama Rocky.

– Dis, Frank, demanda Judy, tu finis quand ton Panneau Perso ?

– M. Carpo m'a donné jusqu'à lundi.

– Parce que tu n'as pas encore fini ? demanda Rocky.

– J'ai toujours rien pour les Clubs. Dans le dictionnaire, ils disent qu'il faut être au moins trois pour un club.

Judy regarda Rocky. Rocky regarda Stink. Stink regarda Judy. Tous les trois regardèrent Frank.

– Si tu ramasses Crapotin tout de suite, tu peux être dans un club, dit Judy.

– Vraiment ? demanda Frank.

– Vraiment, sincèrement, dirent Judy et Rocky en même temps.

Frank fronça le nez :

– Je pige pas.

Rocky rit :

– Tu pigeras.

Frank prit Crapotin dans une main.

– À deux mains, dit Judy.

– Comme ça, montra Rocky en rapprochant ses mains.

– Tu n'as qu'à le tenir pendant une minute, dit Stink.

– Je pige toujours pas.

– Attends ! dirent Judy, Rocky et Stink en chœur.

Une demi-seconde plus tard, Frank sentit quelque chose de chaud et d'humide dans sa main. Il loucha et ils s'écroulèrent tous de rire.

Table des matières